DE ONTDEKKING

© 2003
Eric Heuvel
Zaandam

Tekeningen
Eric Heuvel
Scenario
Eric Heuvel
Menno Metselaar
Ruud van der Rol
Hans Groeneweg

© 2003
Eric Heuvel
Zaandam

– ERIC HEUVEL –

DE ONTDEKKING

In samenwerking met de Anne Frank Stichting / Verzetsmuseum Friesland

Uitgave Big Balloon BV - Haarlem
ISBN 90 5425 907 8
NUR 360
Eerste druk 2003
Distributie voor België: Uitgeverij Dupuis - Gent

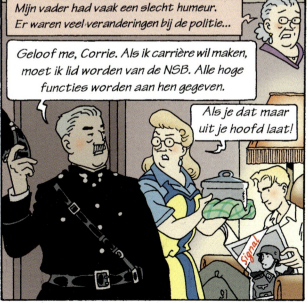

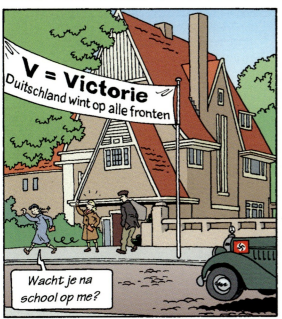

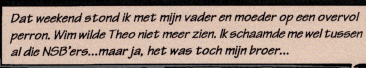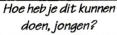

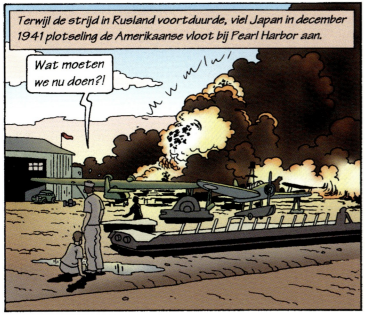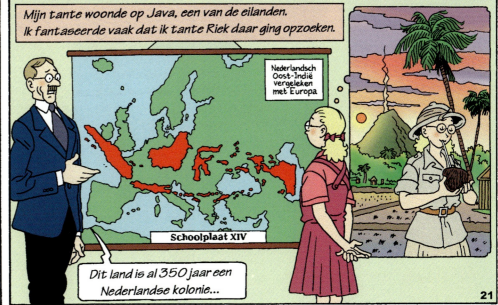

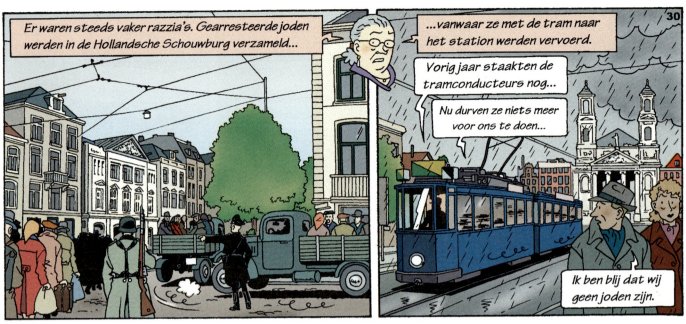

Einde

Scenario
Eric Heuvel
Menno Metselaar (Anne Frank Stichting)
Ruud van der Rol (Anne Frank Stichting)
Hans Groeneweg (Verzetsmuseum Friesland)
Tekeningen
Eric Heuvel
Ondersteuning bij het creatieve proces
Ruud de Grefte
Inkleuring
Hanneke Bons
Research en documentatie
Jacqueline Koerts
Vormgeving
Karel Oosting, Amsterdam
Productie
Anne Frank Stichting, Amsterdam

'De Ontdekking' kwam mede tot stand dankzij een bijdrage van het ministerie van Volksgezondheid, Welzijn en Sport.

Velen hebben bij de opzet en de uitwerking van de strip commentaar en adviezen gegeven

Liesbeth van der Horst (Verzetsmuseum Amsterdam)
Hetty Berg (Stichting Het Indisch Huis)
Annemiek Gringold en Petra Katzenstein (Joods Historisch Museum, Amsterdam)
Dirk Mulder (Herinneringscentrum Kamp Westerbork)
Nine Nooter (Nationaal Comité 4 en 5 mei)
Erik Somers (NIOD)
Stef Temming (Nationaal Oorlogs- en Verzetsmuseum Overloon)
Christel Tijenk (Nationaal Monument Kamp Vught)
Truus Vélu (Verzetsmuseum Zuid-Holland)
Jan-Durk Tuinier en Geu Visser (Herinneringscentrum Fort de Bilt, Utrecht)
Mieke Sobering (Anne Frank Stichting)
Tom van der Geugten (Fontys Lerarenopleiding Tilburg)

Docenten (en leerlingen) vmbo
Wim Borghuis en Hans Werker (CSG De Goudse Waarden, Gouda)
Henk Botter (Wellantcollege, Alphen aan den Rijn)
Anke van den Tempel (Montessori College Oost, Amsterdam)

Docenten Volwasseneneducatie
Chris van Asperen (ROC Rijn IJssel College Arnhem)
Merel Borgesius (ROC van Amsterdam)

Docenten Basisonderwijs
Sijmen Sijtsma en Lolkje Algra (Prof. Grewelschool, Leeuwarden)
Matty Delgrosso (OBS Grou, Grou)
Daniëlle Dijkmeijer (Prins Constantijnschool PCBO, Leeuwarden)
Jan Veltman en Jeanne Minks (Albertine Agnesschool PCBO, Leeuwarden)